Drakenei

Femke Dekker

Drakenstrijders

Inhoud

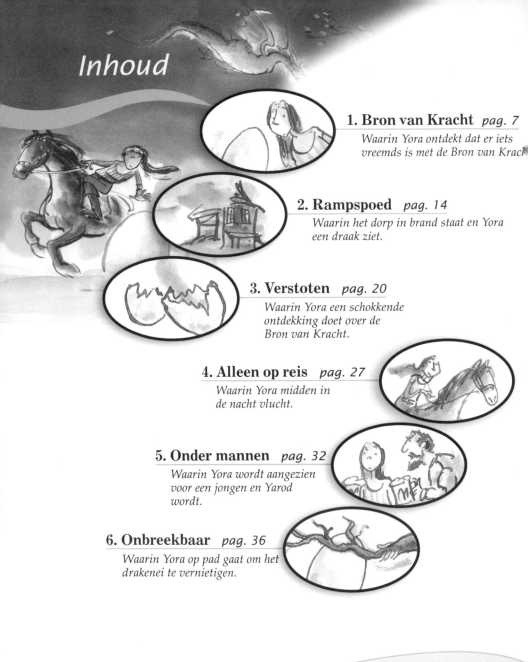

De hoofdpersonen

Over Yora

Yora is een meisje, dat in een andere wereld leeft.
Ze woont met haar vader, moeder en zus in een dorpje.
Maar ze is anders dan de anderen.
Ze durft dingen te zeggen die anderen niet zeggen.
Ze is dapper en vastberaden.

Over Cowboy Roy

Roy is een jongen van tien jaar met veel fantasie.
ROF, noemt zijn vader dat: Roys Oneindige Fantasie.
Maar niet alles wat Roy meemaakt, heeft hij verzonnen.
Roy vindt dat hij geen kind meer is.

1. Bron van Kracht

Het water kietelde Yora's voeten.

Het kabbelde over de rotsen.

Yora hield van het geluid, dat klonk als zilver.

Ze staarde in de verte.

Onder aan de heuvel was een veldje.

Daar renden en joelden de kinderen.

Een paar dagen geleden rende Yora nog mee.

Ze zuchtte.

Nu ze tien was, was ze geen kind meer.

Gisteren was ze jarig en in één klap was ze volwassen.

Ze wreef over haar voorhoofd, maar ze voelde niets.

Niet meer.

Maar bij de Kracht, wat had het pijn gedaan!

Drie zwarte stippen zaten er nu, in de vorm van een
driehoek.

Het teken dat ze volwassen was.

Ieder meisje kreeg die tatoeage als ze tien werd.

Al eeuwen.

Yora schudde haar hoofd, alsof ze wakker moest
worden.

Het was moeilijk, ineens volwassen zijn, maar ze
moest.

Alle meisjes konden het.

Haar moeder en haar zus hadden het gedaan.

En klaagden die?

Ze stond op en liep nog wat verder stroomopwaarts.

Naar de kleine grot waar de beek ontsprong.

Daar was ook de Bron van Kracht.

Yora ontspande zich toen ze de bol zag.

Hij was niet groot.

Ze zou hem in haar beide handen kunnen houden.

Hij was ook niet echt rond.

Meer de vorm van een ei.

Yora ging op haar knieën zitten.

Ze liet wat water over de bol stromen.

'Geef me kracht om volwassen te zijn,' zei ze zacht.

'Laat me mijn kind-zijn vergeten.'

Ze zuchtte.

Ze wilde dat helemaal niet vergeten!

Ze keek naar de Bron van Kracht.

De bol straalde een gelig licht uit.

Een licht dat het dorp energie en kracht gaf.

Ieder dorp had zijn eigen Bron van Kracht.

'Help me,' fluisterde Yora, al wist ze niet waarmee.

Ze had de Bron nog nooit om hulp gevraagd.

Ze wist ook niet zo goed waarom ze het nu deed.

Iedereen deed het.

Maar Yora vond het vreemd.

Hoe kon zo'n lichtgevende bal nou kracht geven?

Ze had er als kind weleens naar gevraagd.

Haar moeder keek haar toen geschokt aan.

Zoiets vroeg je niet.

Je hoorde niet te twijfelen aan de Kracht.

Yora stond op.

Wat deed ze hier?

Ze moest aan het werk.

Net toen ze wilde weglopen, hoorde ze iets.

Een tikkend geluid.

Ze bleef stilstaan.

Daar klonk het weer.

Kwam het bij de Bron vandaan?

Daar leek het wel op.

Ze boog zich ernaartoe.

Tik, tik, tik.

Heel duidelijk nu.

En zat daar niet een barstje in de bol?

Yora wreef in haar ogen.

Ze was hier vast te lang blijven zitten.

Ze had te lang zitten staren.

Langs de beek liep ze naar beneden.

Over het veld waar de kinderen speelden.

Waar ze zelf altijd gespeeld had.

Ineens pakte iemand haar bij haar enkels.

Even later lag ze languit in het gras.
De kinderen lachten.
Yora krabbelde overeind en ging zitten.
'Je trapt er nog steeds in,' zei Rakoz.
Op zijn gezicht verscheen een grote grijns.
Yora lachte en ging staan.
Ze had haar hele leven al met Rakoz gespeeld.
Hij had haar alle stoere dingen geleerd.
Alle dingen die meisjes niet hoorden te kunnen.
Schieten met pijl en boog.
Strikken zetten, voor hazen en konijnen.
Vuur maken.
Rakoz was één jaar jonger dan Yora.
Hij werd volgend jaar pas volwassen.
Yora's gezicht betrok.
Ze zou nooit meer met Rakoz kunnen spelen.
Ze zou hem dit nooit meer betaald kunnen zetten.
Volgend jaar zou ze trouwen, met een volwassen man.
Met iemand die haar ouders voor haar zouden kiezen.

Ze klopte haar kleren af, langer dan nodig was.
'Ik moet aan het werk,' zei ze.
Ze draaide zich om, zonder Rakoz aan te kijken.
Ze wilde niet dat hij haar tranen zag.
'Sorry,' zei Rakoz, 'mevrouw.'

Haar moeder en zus waren al aan het werk.
'Waar kom jij vandaan?' vroeg haar moeder.
'En wat zie je eruit!'
Yora knikte en mompelde: 'Sorry.'
In de keuken waste ze snel haar handen.
Toen ze zich omdraaide, zag ze haar moeder staan.
Ze zei niets, keek alleen maar.
Voor Yora was dat genoeg.
Haar moeder begreep het.
Yora knikte.
Zij begreep het ook.

De vrouwen klaagden niet, maar ze wisten precies
wat Yora voelde.

Ze pakte een emmer graan en ging aan het werk.

Met een dikke stok stampte ze in het graan.

Het was zwaar.

Buiten hoorde ze de kinderen.

Ze wist precies wat ze deden.

Een paar dagen geleden deed ze nog mee.

Een traan viel in de emmer.

Snel keek ze naar haar moeder.

Die had het niet gezien.

Ze moest er maar niet meer aan denken.

Gewoon doorwerken.

Ze was geen kind meer.

Het graan in de emmer, daar moest ze aan denken.

Haar handen bewogen de stok op en neer.

Ze dacht nergens meer aan.

Of toch?

Er was een gedachte die steeds terugkwam.

De Bron van Kracht.

De barstjes in de bol.

Nog nooit eerder had ze die gezien.

Zou ze het zich verbeeld hebben?

Ze schudde haar hoofd.

Nee, ze had ze echt gezien, ze wist het zeker.

Hoe vreemd het ook was.

Zou de Bron van Kracht kapot zijn?

Kon dat?

Niemand wist hoe oud hij was.

De stok stampte het graan fijn zonder dat Yora het merkte.

Er was iets met de Bron van Kracht.

Misschien moest ze morgen nog maar eens gaan kijken.

2. Rampspoed

Een snerpende gil klonk door het dorp.

Er schudde iemand aan Yora.

'Laat me,' murmelde ze.

Ze draaide zich om in haar slaap.

Weer hoorde ze die gil.

En nog steeds schudde iemand haar heen en weer.

'Yora! Yora, wakker worden!'

Yora deed haar ogen open en zag haar moeder.

Ze zag er vreemd uit.

Haar haar hing in lange klitten langs haar gezicht.

Haar ogen - wat was er met haar ogen?

Het leek wel of Yora's moeder bang was!

'Mam!' riep Yora uit.

Ze ging rechtop zitten.

Nu hoorde ze ook het rumoer buiten.

Het gegil, nog steeds.

Huilende kinderen en schreeuwende mannen.

En ze rook die vreemde, scherpe lucht.

Brand!

Ze stapte uit bed en zocht haar kleren.

'Mam, wat is er aan de hand?' vroeg ze.

'Ik weet het niet,' jammerde haar moeder.

'Iets vreselijks.

Het huis van Darek staat in brand.

En de paarden ...

Eentje is er dood.

De rest is op hol geslagen.'

'Wat erg,' fluisterde Yora.

'We moeten ze helpen,' zei haar moeder.

'Papa is al bij de brand, om te blussen.

Iemand moet de paarden tot rust brengen.'

Ze keek Yora aan.

'En Jildra is haar baby kwijt.'

Yora schrok.

Was de baby dood?

Ze durfde het niet te vragen.

Ze trok haar laarzen aan en stond op.

Ze pakte haar moeders hand.

'We gaan kijken wat we kunnen doen.'

Toen Yora buiten kwam, kon ze bijna niets zien.

Overal hing rook.

Ze sloeg snel een doek voor haar mond.

Door die rook stikte ze bijna!

Hoestend liep ze door.

Mensen renden kriskras door het dorp.

Schreeuwend, huilend, in paniek.

Daartussendoor riepen enkele mannen bevelen.

In die chaos liep Jildra.

15

Ze schreeuwde en krijste om haar baby.
'Bij de Kracht,' fluisterde Yora ontzet.
Dit had ze nog nooit meegemaakt.
Het dorp dat altijd zo rustig was.
De mensen die altijd wisten wat ze moesten doen.
En nu dit!
Yora wist niet wat haar overkwam.
Niemand wist meer wat hij moest.
Mannen en vrouwen renden als gekken door elkaar.
Yora keek het even aan.
Toen liep ze recht op Jildra af en pakte haar bij haar arm.

'Kom, Jildra,' zei ze zacht.

'Kom met mij mee.'

Ze leidde Jildra mee naar haar huis.

In de keuken zette ze haar op een stoel.

Ze streelde over haar haar en maakte sussende geluidjes.

Het gekrijs ging langzaam over in gehuil.

Toen haar zus binnenkwam, zei Yora:

'Geef haar iets sterks.

Iets waar ze rustig van wordt.

En maak een warme kruik.'

Yora was zelf verbaasd over haar daadkracht.

Maar haar zus deed wat ze zei.

Dat verbaasde Yora nog meer.

'Ik ga Kral halen.'

Kral was Jildra's man.

'Die is bij de brand!' riep haar zus.

Yora rende naar Dareks huis.

Er was niets van over.

Vlammen kwamen uit het dak.

Muren waren al ingestort.

Darek was bezig een slang uit te rollen.

Kral stond emmers water door te geven.

Het was zinloos, ze konden Dareks huis niet meer redden.

'Yora! Ga weg daar!' riep haar vader.

'Het is veel te gevaarlijk!'

'Ik kom Kral halen!' schreeuwde ze terug.

'Kral is aan het blussen!'

'Kral is nodig bij zijn vrouw!'

Yora rende naar Kral.

'Kral, je moet met me mee,' zei ze.

'Jildra heeft je nodig.'

'De brand moet geblust worden.'

'Hier zijn mensen genoeg.

Kom mee naar Jildra.

Zij heeft je echt nodig.'

Kral keek vragend naar de mannen.

Yora pakte zijn arm en sleurde hem mee.

Ze was bijna thuis toen ze een kreet hoorde.

Een dierlijk geluid.

Het kwam uit de lucht.

Yora stond stil en keek omhoog.

En daar, boven het dorp, zag ze hem.

Hij cirkelde door de lucht en vloog toen weg.

Yora had had er nog nooit eerder een gezien.

Toch wist ze meteen wat het was.

'Een draak!' riep ze.

Iedereen keek omhoog.

Iedereen zag het draakje.

Yora's hart begon te bonzen.

Een draak!

Ze waren echt!

Maar waar kwam het beest vandaan?

Niemand had hier ooit een draak gezien.

Ze bestonden alleen in legenden.

Yora schudde haar hoofd.

Kral was weg.

Iedereen was weer bezig.

Was er dan niemand zo opgewonden als Yora?

Ze schudde haar hoofd.

Die draak moest toch ergens vandaan komen?

3. Verstoten

Het was weer rustig in het dorp.
De paarden stonden in het veld.
Darek en zijn gezin woonden bij de buren.
Van hun huis was niets meer over.
Kral en Jildra waren nog bij Yora in huis.
Kral en Yora's vader zaten aan tafel.
Ze spraken zacht met elkaar.
Jildra sliep.
Yora, haar moeder en haar zus zaten te werken.
Yora verstelde een broek van haar vader.
Zwijgend zaten ze bij elkaar.
Yora dacht aan de draak.
Waar was die zo plotseling vandaan gekomen?
Ze probeerde zich de oude mythen voor de geest te
halen.
Hoe ze ook nadacht, ze vond alleen maar flarden.
Ze wist niet eens waarom er geen draken meer waren.
Waren ze uitgestorven?
Kwam het door de mensen?
Of was er een natuurramp geweest?
Yora zuchtte.
Ze ving de blik van haar moeder op.
'Je hebt het goed gedaan,' zei ze.

'Heel volwassen, Yora.'

Yora knikte.

Het was een groot compliment.

Toch voelde ze zich niet prettig.

'Ik begrijp niet waarom we die draak lieten gaan.'

Haar moeder trok vragend een wenkbrauw op.

'Hij had het hele dorp wel kunnen verwoesten!

Als er één draak is, moeten er meer zijn.

Waarom vraagt niemand zich af waar hij vandaan komt?

Waarom doen jullie of er niets gebeurd is?'

Haar moeder kneep haar lippen samen.

'Ga verder met je werk, Yora,' zei ze.

Haar zus keek niet op van haar werk.

Ze zei alleen: 'Draken bestaan niet.'

Yora wist van verbazing niet wat ze moest zeggen.

Ze keek naar de broek van haar vader.

Naar de naald en draad in haar hand.

Naar haar moeder en zus, die rustig verder werkten.

Ze dacht: als niemand iets doet, doe ik het!

Ze legde de broek weg en stond op.

Op dat moment werd er op de deur gebonsd.

Even later kwam de vader van Rakoz binnen.

'De Bron!' schreeuwde hij.

'De Bron van Kracht is vernietigd!'

21

Kral en Yora's vader schoten overeind.

'Wat?!' riepen ze.

Rakoz' vader vertelde wat hij gezien had, maar Yora luisterde er niet naar.

Ze glipte langs hem heen naar buiten.

De Bron van Kracht!

Terwijl ze erheen rende, dacht ze aan wat ze had gezien.

De bol in de vorm van een ei.

De energie die hij gaf.

De barstjes die ze had gezien.

Het getik dat ze had gehoord.

Hijgend rende Yora de heuvel op.

Ze wist het al voordat ze er was.

De Bron van Kracht.

De draak.

Naast de beek lagen twee helften van een ei.

Gebarsten.

Uitgekomen.

Hier kwam de draak vandaan!

De Bron van Kracht was een drakenei!

Ze rende de heuvel weer af, naar het dorp terug.

Ze schreeuwde: 'Ik weet waar de draak vandaan kwam!

De Bron van Kracht is een drakenei!'

Alle dorpen hadden zo'n Bron van Kracht.

Zo'n drakenei.

Ze liepen gevaar.

Als al die eieren zouden uitkomen ...

Yora dacht er liever niet aan.

Ze moesten de andere dorpen waarschuwen!

Schreeuwend rende ze door het dorp.

Totdat iemand haar ruw vastgreep.

Daarna ging het heel snel.

Yora wist niet eens precies wat er gebeurde.

Ze werd beschuldigd van heiligschennis.

Wat durfde ze te zeggen over de Bron van Kracht?

Een drakenei?

Er waren geen draken.

's Avonds stond ze voor de dorpsraad.

Drie mannen en twee vrouwen in lange gewaden.

Ze keken streng op Yora neer.

Achter Yora, in een halve cirkel, stonden de mensen uit het dorp.

Ze hoorde haar moeder gesmoord snikken.

'Yora,' sprak de raad.

'Beweer jij dat je een draak hebt gezien?'

'Ja,' zei Yora luid.

Ze schaamde zich niet.

Ze wilde hen overtuigen.

De andere dorpen moesten behoed worden voor het gevaar!

'Beweer je dat die draak uit een ei komt?

En dat de Bron van Kracht dat ei was?'

Op beide vragen antwoordde Yora ferm: 'Ja.'

Ze vroegen of ze wist wat haar bewering inhield.

Ze vroegen of ze terugnam wat ze had gezegd.

Ze vroegen of Yora besefte dat ze volwassen was.

Dat ze ook op die manier behandeld zou worden.

'Alle dorpen lopen gevaar!' riep Yora.

'Als de eieren uitkomen, gebeurt met hen hetzelfde als met ons.

De draken zullen ons doden!'

'De Bron van Kracht is geen ei!' riep iemand.

'Yora,' smeekte haar moeder.

'Yora, neem je woorden terug.'

'Stilte!' riep de dorpsraad.

'Yora, voor jouw bewering zijn geen woorden.

Je zou je moeten schamen.

Je neemt niet terug wat je zegt?

Dan kunnen we maar één ding doen.

Je bent afvallig.

Je hoort hier niet.

Tot zonsopkomst heb je de tijd weg te gaan.

Daarna ... heeft iedereen het recht je te doden.

Je bent verstoten.'

De dorpsraad had gesproken en vertrok.

Yora keek geschokt om zich heen.

Dat konden ze niet doen!

Ze was pas tien!

En ze deed juist haar best om de dorpen te redden!

Ze keek naar haar moeder, waarom zei die niets?

Maar Yora's moeder keek strak langs haar heen.

Van haar gezicht was geen enkele emotie af te lezen.

Yora bestond niet meer.

Yora is op haar tiende volwassen geworden. Ze wil liever kind zijn, zodat ze met haar vrienden kan spelen. Ze vraagt de Bron van Kracht om hulp. Daar ontdekt ze iets vreemds. In de Bron van Kracht zitten kleine barstjes.

Midden in de nacht wordt Yora wakker. Er is paniek in het dorp. Huizen staan in brand. In de lucht ziet Yora een draak, maar die bestaan alleen in legenden.

Yora vindt het vreemd dat niemand over de draak praat. Ze ontdekt dat de Bron van Kracht kapot is: het is een drakenei! Maar dat mag ze niet zeggen en ze wordt verstoten.

4. Alleen op reis

Yora stond aan de rand van het paardenverld.
Ze zocht een paard uit.
Een sterk, snel paard.
Eentje waar ze goed op kon rijden.
Een klein maantje stond al aan de hemel.
De eerste sterren waren te zien.
De meeste mensen in het dorp waren naar bed.
Yora liep naar huis - het huis van haar ouders.
Haar huis was het niet meer.
Het was stil en donker.
Op tafel brandde alleen een kleine lamp.
Aan die tafel zat Yora's vader.
Hij zat wat opzij gezakt in zijn stoel.
Zijn gesnurk vulde de kamer.
Zachtjes sloop Yora langs hem heen.
Ze wist precies wat ze zou doen.
Achter in haar kast lag een bundel kleren.
Jongenskleren, in Yora's maat.
Ze haalde ze uit haar kast, samen met de slinger.
In haar hart was ze Rakoz diep dankbaar.
Als hij haar niet al die dingen had geleerd,
die dingen die alleen voor mannen bestemd
waren ...

27

Als hij niet steeds had gelachen om haar
rokken ...
Dankzij hem had ze stiekem een broek gemaakt.
Dat was hun geheim.
Zonder alles wat ze van Rakoz had geleerd, zou
ze nu verloren zijn geweest.
Een vrouw alleen in de wildernis.
Op Yora's gezicht verscheen een glimlach.
Ze zou ze eens wat laten zien!
Uit de keuken nam ze een voorraad eten mee.
Genoeg voor een paar dagen.
Ze pakte de deken van haar bed.
Nu had ze alles wat ze nodig zou hebben.
Alleen nog een paard.
Daar had ze nog de meeste moeite mee.
Het stelen van een paard.
Ze hield zich voor dat het er niets toe deed.
Ze was al verstoten.
Ze moest toch ergens heen?
Dan had ze toch een paard nodig?
Echt diefstal was het niet.
Zachtjes riep ze het paard dat ze had uitgezocht.
Mallor.
Ze was niet zo groot.
Yora kon makkelijk op haar rug komen.

Ze aaide Mallors manen en het paard hinnikte
zachtjes.
Het leek wel of ze het snapte.
In het donker trok Yora haar broek aan.
De rok deed ze bij de rest van de spullen.
Daarna bond ze de bundel vast op Mallors rug.
Ze sprong in het zadel.
Daar ging ze.
Yora en Mallor reden door het donker.
Al gauw lag het dorp achter hen.
Yora wilde zo ver mogelijk weg.

Daarom ging ze niet meteen naar het volgende dorp.

Met een wijde boog reed ze eromheen.

Ze wilde pas de volgende avond stoppen, in Opal.

Daar zou ze een slaapplaats zoeken.

Ze reed over de droge vlaktes.

In de verte hoorde ze een roofvogel.

Hier en daar klonk wat geritsel.

Muizen misschien, of een hagedis.

Yora dacht aan de dagen met Rakoz.

Hun geheime tochten.

Ze wist precies hoe ze een hagedis moest vangen.

En hoe die smaakte.

Yora had het altijd spannend gevonden.

En nu was dit haar leven!

Ze hoefde zich niet meer als vrouw te gedragen.

Ze hoefde geen kleren meer te naaien.

Niet meer met emmers water te sjouwen.

Tevreden reed Yora door de nacht.

De nacht die al gauw overging in de dag.

De lucht kleurde roze.

Mallor stapte rustig voort tussen de stenen en struikjes.

Vlakbij stroomde een beek.

Als ze die volgden, kwamen ze bij Opal.

Het dorp waar Yora naartoe wilde.

Ruim voor het eind van de dag reed Yora Opal
binnen.

Een houten brug over de beek leidde ernaartoe.

De wieken van een molen draaiden knarsend rond.

Ietsje verder stond een boerderij.

Daarachter waren de eerste huizen.

Op een veldje speelden kinderen.

Ze keken Yora na.

In deze dorpjes kwamen niet veel vreemden.

Yora wist nog hoe ze zelf elke vreemde nakeek.

De herberg was makkelijk te vinden.

Buiten hoorde ze al gepraat en gelach.

Het Rode Paard, stond er op het uithangbord.

Yora liet zich van Mallors rug glijden.

Ze knoopte haar teugels vast aan een paal.

Een beetje nerveus was ze wel.

Ze was nog nooit in een herberg geweest.

Het was ook geen plaats waar vrouwen kwamen.

Ze haalde diep adem en opende de deur.

5. Onder mannen

In het donker van de herberg zag ze bijna niets.

Het duurde even voor haar ogen gewend waren.

Het was druk.

Aan een tafeltje in een hoek zaten mannen te kaarten.

Aan een ander tafeltje zaten twee mannen zachtjes te praten.

Maar de meeste mannen zaten aan de bar.

Ze maakten grappen die Yora niet begreep.

Zelf lachten ze er hard om.

Er waren geen vrouwen.

O ja, één: de serveerster.

Yora besloot maar aan een lege tafel te gaan zitten.

Ze liep erheen, maar iemand hield haar tegen.

'Zo, jongen.'

Het was een van de mannen die hadden zitten praten.

Hij nam haar van top tot teen op.

'Ver van huis?' vroeg hij.

'En alleen?'

'Mijn paard staat buiten,' antwoordde Yora.

De man lachte.

'Kom bij ons zitten,' zei hij.

Hij schoof een stoel opzij.

'Drie bier!' riep hij naar de serveerster.

'Zo, knul,' zei hij, toen Yora zat.

'Wat voert jou hierheen?'

Yora haalde haar schouders op.

Knul, zei hij.

Hij dacht dat ze een jongen was!

Ze had natuurlijk een broek aan.

'Ik reis,' zei Yora.

Ze wilde niemand zeggen waar ze vandaan kwam.

En ze zou zeker niet zeggen dat ze een doel had.

'O, ja,' zei de man.

'Je reist.'

Hij knipoogde naar zijn maat.

'En waar reis je zoal naartoe?'

Weer haalde Yora haar schouders op.

'Nergens speciaal,' zei ze.

Ze maakte haar stem laag, zodat hij op die van een
jongen leek.

'Meestal slaap ik buiten.

Soms kom ik in een dorp.'

'Wie ben je eigenlijk?' vroeg de andere man.

'Yarod,' zei Yora, zonder erbij na te denken.

Haar hart bonsde.

Geloofden deze mannen wat ze zei?

Of deden ze net alsof?

De serveerster zette drie pullen bier op tafel.

De twee mannen pakten die van hun meteen.

'Nou Yarod, op jou dan maar!'

Yora kon niet anders dan ook haar bier pakken.

Ze nam een flinke slok.

Getver!

Wat was dat smerig!

Ze probeerde het niet te laten merken.

Toch zat een van de mannen haar grijnzend aan te kijken.

Ze moest zich niet door die twee op haar kop laten zitten.

Ze was hier met een doel.

Daar moest ze aan denken.

En ze was volwassen!

Die twee mannen deden alsof ze een kleine jongen
was.

Ze nam nog een slok van haar bier.

Daarna zette ze de pul met een harde klap op tafel.

Een deel van het bier klotste over de rand.

Ze keek de mannen aan.

'Bedankt,' zei ze.

'Daar was ik wel aan toe.'

De man naast haar barstte in lachen uit.

Even schrok Yora.

Toen toverde ze een grijns op haar gezicht.

Ze lachte alsof iemand een goeie grap had verteld.

Toen schoof ze haar stoel naar achter en stond op.

Ze hoopte maar dat de mannen dat niet vreemd
vonden.

6. Onbreekbaar

Yora wilde in de herberg blijven.
Ze wilde ergens onopvallend in een hoekje zitten.
Ze wilde horen waar de mensen over praatten.
Ze moest erachter komen waar de Bron van Kracht was.
Ze zou er heel vroeg al naartoe gaan.
Als iedereen nog sliep, zou zij het ei vernietigen.
De herbergier gaf haar de sleutel van een kamer.
'Vooruit betalen,' zei hij.
Yora knikte.
In haar broekband had ze wat geld gestopt.
Ze hoopte dat het genoeg was.
'En mijn paard?' vroeg ze.
'In de stal.'
De herbergier knikte.
'Achter de herberg.'
Yora gaf hem wat munten en stak de rest weer terug.
Daarna bracht ze Mallor naar de stal.
Haar spullen nam ze mee naar haar kamer.
Hij was niet groot, maar dat hoefde ook niet.
Er was een bed en een wastafel.
In de spiegel zag ze haar gezicht.
Vuil.
Op haar wangen zaten vegen modder.

Ze poetste ze schoon.
Ook haar voorhoofd, maar dat was niet zo slim.
De modder had haar tatoeage verborgen.
Daarom dachten de mannen dat ze een jongen was!
Nu kon iedereen weer zien dat ze een vrouw was.
Daar moest ze iets aan doen.
Een doek om haar hoofd?
Er waren mannen die dat hadden, maar meestal
waren dat geen frisse types.
Ze keek uit het raam.
Het begon al donker te worden.
Tijd om naar buiten te gaan.

De Bron van Kracht lag altijd net buiten het dorp.

Ergens waar iedereen erbij kon, maar ook deels verscholen.

Tussen stenen, of onder een boom of struik.

De Bron van Kracht was heilig, en zo moest je er ook mee omgaan.

Yora gokte op het bos.

Achter de herberg verdween ze tussen de bomen.

Al gauw zag ze een vaag schijnsel.

Het moest hem wel zijn!

De Bron van Kracht.

Het drakenei.

Yora staarde ernaar en werd woedend.

Ze dacht aan de draak.

Aan wat hij haar dorp had aangedaan.

Jildra's baby.

Het liefst gooide ze het ei nu kapot.

Maar ze moest geduld hebben.

Morgen vroeg, als iedereen sliep.

Het was doodstil in de herberg.

Yora trok snel haar kleren aan.

Buiten was het nu echt donker.

Zelfs de maan hield zich schuil achter de wolken.

Zachtjes opende Yora de deur van haar kamer.

Ze keek op de gang of er iemand was.

Niemand.

Met een zachte klik viel de deur achter haar dicht.

Muisstil sloop ze de trap af, naar de zijdeur.

Ze draaide de knop om.

Toen ze naar binnen ging, struikelde ze bijna over de staljongen.

'Wat moet dat!' riep hij.

Hij stond meteen rechtop.

Een paar strootjes staken in zijn haar.

'Rustig maar,' bromde Yora.

'Ik kom alleen mijn paard halen.'

De staljongen staarde haar aan.

'Het is midden in de nacht!'

'De beste tijd om te reizen,' zei Yora.

Ze wist zelf niet waar ze het vandaan haalde.

' 's Ochtends vroeg kom je het verst.'

De jongen haalde zijn schouders op.

'Je paard staat daar.'

Yora klopte Mallor op haar rug.

'Zo meisje, tijd om verder te gaan.'

Ze dacht dat dat wel mannelijk klonk.

Ze bond haar kleren onder het zadel.

Met een knikje naar de staljongen vertrok ze.

Eenmaal buiten sprong ze in het zadel.

Zo snel ze kon, reed ze naar het bos.

Dat die jongen nou net wakker werd!

Als hij maar geen alarm zou slaan.

Al gauw zag Yora de straling van het drakenei.

Ze sprong op de grond en rende erheen.

Nu moest ze snel zijn.

In haar haast viel ze over een boomwortel.

Het deed flink zeer, maar daar had ze nu geen
tijd voor.

Ze pakte het ei en bekeek het.

Er zaten geen barsten in.

Ze hoorde ook geen getik.

Ze was op tijd.

Deze draak zou zijn dorp niet vernietigen.

Ze pakte het eerste het beste wat ze kon vinden.

Een dikke tak.

Ze sloeg ermee op de stralende bol.

De tak brak.

Verder gebeurde er niets.

Ze moest iets anders hebben.

Iets wat stevig genoeg was.

Ze voelde op de grond en vond een steen.

Met twee handen hield ze hem boven haar hoofd.

Toen liet ze hem met al haar kracht op het ei
neerkomen.

Het kraakte niet eens.

Het was toch wel een ei?

Of zou dit echt een Bron van Kracht zijn?

Nee, nee.

Yora schudde haar hoofd.

Deze bol zag er net zo uit als die van haar dorp.

En ze had de draak zelf gezien.

Maar hoe kon ze dat ei kapot krijgen?

Mallor hinnikte.

Yora keek op.

Kwamen er mensen aan?

Had de staljongen de rest gewekt?

Ze tuurde door de bomen.

Niets te zien.

Ze hoorde ook niks.

Mallor hinnikte niet meer.

Misschien verveelde ze zich.

Wilde ze weer rijden.

Yora pakte het ei op.

Het was zwaar.

Ze bracht haar arm naar achter.

Toen gooide ze de bol weg.

Keihard kwam hij tegen een boomstam en viel op de grond.

Yora liep ernaartoe.

Verbaasd keek ze ernaar.

Dat ding was niet kapot te krijgen!

Even dacht ze eraan hem hier te laten liggen.

Maar dat kon ze niet.

De draak zou uit het ei komen.

Hij zou kinderen doden.

Yora raapte hem op.

Ze kon hier ook niet blijven.

Mallor hinnikte weer.

Zie je wel, er kwamen toch mensen aan!

Snel stopte ze het ei onder haar tuniek.

Ze rende naar Mallor.

'Komt er iemand aan?' vroeg ze.

Mallor brieste.

Yora had geen idee wat dat wilde zeggen.

Ze klom in het zadel en reed weg.

Toen ze omkeek, zag ze niemand.

Toch liet ze Mallor zo hard mogelijk rijden.

Je wist het maar nooit.

Ze voelde de bobbel onder haar blouse.

Het was gelukt!

Het eerste dorp was gered.

Yora begrijpt niet waarom de mensen niet naar haar willen luisteren. Alle dorpen hebben een Bron van Kracht, een drakenei. Straks worden die dorpen ook verwoest! Yora gaat op weg om ze te waarschuwen.

Yora komt bij een herberg. Daar komen nooit vrouwen en ze wordt dan ook aangezien voor een jongen. Ze vertelt niets over de draak en de Bron van Kracht. Straks wordt ze hier ook nog weggejaagd.

Midden in de nacht gaat Yora naar het drakenei. Iedereen slaapt, zodat ze ongestoord het ei kapot kan maken. Maar wat ze ook probeert, het lukt niet. Ze besluit het ei mee te nemen. Het eerste dorp is gered!

7. Achtervolgd

's Nachts is de beste tijd om te reizen.

Dat had Yora tegen de staljongen gezegd.

Het was waar.

Ze vond het heerlijk, in het donker, in de stilte.

Alleen zij en haar paard.

Het enige geluid was dat van Mallors hoeven op de rotsige bodem.

Er klonk een kreet in de lucht.

Yora keek omhoog, maar ze zag niets.

Een roofvogel, dacht ze, maar ze wist het niet zeker.

Klonken roofvogels zo?

Ze dacht van niet.

Weer hoorde ze het geluid, en nog iets anders: gesuis in de lucht.

Nee, het kon geen vogel zijn.

Dan was hij wel heel groot.

Ze kon niet zien wat het wel was, maar ze dacht aan de draak.

Ze schudde haar hoofd.

In de verte begon het licht te worden.

Yora vroeg zich af of er al mensen wakker waren.

Of ze al gemerkt hadden dat hun Bron van Kracht weg was.

En of ze het met haar in verband zouden brengen.

Misschien niet.

Zou iemand ooit denken dat een Bron van Kracht gestolen kon worden?

Misschien dachten ze dat hij gewoon weg was.

Vanzelf.

Yora grinnikte.

Dat zou een stunt zijn!

Dan kon ze rustig al die eieren meenemen.

Niemand zou haar de schuld geven.

Ze klakte met haar tong en schudde haar hoofd.

Zo dom zouden de mensen toch niet zijn?

Ze dacht aan het ei in haar bundel kleren.

Waarom kon ze het niet kapot krijgen?

Stel dat het draakje besloot er nu uit te komen?

Daar moest ze maar niet aan denken.

Er zaten nog geen barsten in het ei.

Het zou vast nog niet zo ver zijn.

Yora floot een deuntje.

Ze moest niet zo bang zijn.

Het ging juist heel goed.

Ze liet Mallor wat sneller lopen.

De bodem was hier rotsig en lag vol stenen.

Ze kon niet te hard, want dan zou Mallor een been kunnen breken.

Langzaam werd het steeds lichter.

Het werd dag.

Zouden ze al ontdekt hebben dat het ei weg was?

Zouden ze dan iemand achter haar aan sturen?

Ze keek om, maar er was niemand te zien.

Ze moest zich niet zo druk maken.

Als ze achter haar aan zaten, hadden ze haar al lang
ingehaald.

Toen de zon hoog aan de hemel stond, kwam ze bij
een splitsing.

47

Ze keek naar de wegwijzer.

Als je niet wist dat het er een was, zou je hem niet zien.

Hij bestond uit een stapel stenen.

Daaraan kon je zien waar je naartoe moest.

Welk dorp, hoe ver het was en welke kant op.

De manier waarop de stenen lagen, had een betekenis.

Ook weer iets wat ze van Rakoz had geleerd.

Ze dacht na.

Hoe zat het ook alweer met die dorpen?

Ze lagen in een soort slinger verspreid.

Je kon van het ene dorp naar het andere.

Als je de goeie kant op ging.

Een paar dorpen lagen aan de rand.

Als je daar als eerste heenging, moest je later weer terug.

Dat was niet handig.

Het was te gevaarlijk om twee keer in hetzelfde dorp te komen.

En het zou te veel tijd kosten.

Yora wist niet meer precies hoe het zat.

Ze sprong op de grond om een landkaart in de aarde te tekenen.

Ze tekende haar eigen dorp en het dorp waar ze

geweest was.

Welke dorpen waren er nog meer?

Ze dacht aan haar vader.

Die had weleens over de andere dorpen verteld.

Je had Rand, dat wist ze.

En Daldorp.

Hoeveel dorpen waren er eigenlijk?

Yora tekende.

Vijf dorpen, dacht ze, maar ze wist het niet zeker.

Ze schreef de namen op.

Ja, vijf, met haar eigen dorp erbij.

Yora merkte dat ze honger had.

Ze wilde graag pauze nemen.

Dit was een goede plek.

Als er iemand aankwam, zou ze hem snel genoeg zien.

Met haar rug tegen een steen ging ze zitten.

De zon was warm.

Langzaam zakte Yora in slaap.

Ze schrok wakker van een raar geluid.

Een soort gekraak, maar ze wist niet wat het was.

Zoiets geks had ze nog nooit gehoord.

Ze ging staan om te kijken waar het vandaan kwam.

Ietsje verder op het pad zag ze iets naderen.

Zat er toch iemand achter haar aan?

En had hij haar ingehaald?

Ze keek nog eens goed.

Zoiets had ze nog nooit gezien.

Het was een mens en hij zat op een ... ding.

Het was geen paard.

Het leek wel iets ... Yora wist niet wat.

Het waren twee wielen die met buizen aan elkaar vast
zaten.

En daar zat iemand op.

Yora was zo verbaasd dat ze bijna vergat op haar
hoede te zijn.

Ze keek naar de kaart en naar de stapel stenen.

Met haar vinger volgde ze de weg die ze afgelegd had.

Ze zou hier naar links moeten, naar Daldorp.

Ze keek naar het ding dat haar kant uit kwam.

Het was nu heel dichtbij.

Snel pakte ze Mallor bij de teugels en verschool zich achter een groepje struiken.

Ja hoor, daar was hij.

Bij de splitsing bleef hij staan.

Hij keek naar haar kaart.

Hij wreef over zijn voorhoofd en zei iets.

'Yora.'

Ze hield haar adem in.

Hij wist haar naam!

Dan moest hij wel achter haar aan zitten.

Toen ging hij rechtsaf, naar Bovenberg.

Yora keek hem nog een hele tijd na.

Ze kon bijna niet geloven wat ze had gezien.

Niet alleen het ding was raar, maar de man zelf ook.

Was het wel een man?

Hij zag er zo gek uit.

Zulke kleren had Yora nog nooit gezien.

Om zijn hoofd zat een grote doek met rare flappen.

Het leek wel of hij zijn tuniek om zijn hoofd had!

Verborg hij zijn tatoeage?

Yora kwam achter de struiken vandaan.

Als hij echt achter haar aan zat, dan was hij mooi de verkeerde kant op gegaan.

Ze klom op haar paard en sloeg de weg naar Daldorp in.

8. Bandiet

Daldorp lag tussen twee heuvels in.
Door het dal stroomde een rivier.
Ergens langs die rivier, in een inham, was de Bron van Kracht.
Het ei dat Yora wilde hebben.
Ze was al eens in dit dorp geweest.
Ze wist het nog, ook al was ze toen heel klein.
In ieder geval zou niemand haar herkennen.
Het liefst ging ze meteen naar de Bron.
Toch deed ze het niet.
Iets hield haar tegen.
In het dorp merkte ze al meteen dat er iets aan de hand was.
Op straat stonden mensen druk te praten.
Yora reed wat dichterbij om het te kunnen horen.
'Verstoten,' zei iemand.
Ergens ving ze het woord 'draak' op.
Het ging over haar!
Dus het nieuws deed nu al de ronde.
Ze reed naar de waterput midden op het plein.
Daar waren veel vrouwen.
Ze ging niet te dichtbij staan.
Ze waste haar handen en dronk wat water.

Ze was op reis en had dorst.

Dat vond niemand vreemd.

De vrouwen praatten gewoon door.

'Ze zei dat de Bron van Kracht een draak was!' krijste een vrouw.

Ze tikte daarbij tegen haar voorhoofd.

'Maar er was een draak,' zei een ander.

'Hun hele dorp is verwoest!'

'Dat geloof je toch niet?

Een draak!'

De ene vrouw gaf de andere een duw.

'Of begin jij ook al gek te worden?'

Ze lachten hard.

Yora voelde weer hoe kwaad ze werd.

Ze nam nog een slok water.

Ze moest zich inhouden.

Deze vrouwen wisten niet beter.

'Ik heb zelfs gehoord dat ze denkt dat ze alle dorpen moet redden.'

De vrouwen lachten weer.

'Nou, als ze ons komt 'redden', zal ze daar nog spijt van krijgen!'

De vrouw die dat riep, maakte een dreigend gebaar.

Yora had genoeg gehoord.

Ze stapte op haar paard en schijnbaar kalm reed ze weg.

Maar ze was niet kalm.

Ze was woedend!

Ze voelde zich net zo rot als toen ze voor de dorpsraad stond.

Waarom waren de mensen zo dom?

Waarom wilde niemand haar geloven?

Die mensen dachten al bij voorbaat dat ze alles wisten.

Ze waren er niet eens bij geweest!

Zíj hadden de draak niet gezien.

Ze dachten alleen maar dat draken niet echt waren.

En ze wisten nu al dat ze verstoten was.

Nieuws ging altijd sneller dan je verwachtte.

Bij de beek bleef Yora staan.

Ze keek naar de Bron van Kracht.

Ze vroeg zich af of ze wraak zou nemen.

Of ze het dorp zou laten merken dat draken wel echt
waren.

Ze hoefde alleen maar het ei te laten liggen.

Het zou vanzelf uitkomen.

De draak zou hun dorp verwoesten.

Hun huizen zouden branden.

Mensen zouden sterven.

Yora rilde.

Dat kon ze hen niet aandoen.

Het was stil.

Er was niemand bij de beek.

Yora reed langzaam door terwijl ze om zich heen keek.

Niemand volgde haar.

Ze was alleen.

Toen spoorde ze Mallor aan.

Ze draafde langs de beek, naar het ei.

Terwijl ze reed, leunde Yora opzij.

Ze stak haar arm uit en griste het ei mee.

Mallor draafde door, langs de beek, het dorp uit.

Yora kon het niet laten een wilde kreet te slaken.

Weer was het gelukt!

Het was zo makkelijk!

Ze hield het ei tegen zich aan gedrukt.

Pas toen ze ver genoeg was, liet ze Mallor langzamer lopen.

Ze bekeek het ei.

Er zaten al kleine barstjes in.

Ze reed door tot de top van de heuvel.

Daar stapte ze af.

Ze stopte het ei bij de rest van haar spullen.

Ook bekeek ze het andere ei.

Daar zaten nu ook al barsten in.

De tijd begon te dringen.

Ze moest de andere dorpen nog redden.

En ze moest van deze eieren af.

Waarom waren ze toch zo moeilijk stuk te krijgen?

Ze pakte een appel uit haar tas.

Er waren een hoop problemen waar ze iets aan moest doen.

De mensen wisten dat ze verstoten was.

Ze wisten ook wat ze van plan was.

In de andere dorpen zouden ze op hun hoede zijn.

Ze gingen er misschien wel van uit dat Yora zou komen.

Ze dacht aan Opal.

Daar dachten ze dat ze een jongen was.

Dat moest zo blijven.

De mensen keken uit naar een verstoten vrouw.

Niet naar een jongen die in zijn eentje rondtrok.

Yarod.

Yora sprak de naam hardop uit.

Hij beviel haar wel.

Vanaf nu zou ze alleen maar Yarod zijn.

Ze pakte haar haar en begon het te vlechten.

Een strakke, lange vlecht op haar rug.

Daarna pakte ze haar rok en scheurde er een reep stof af.

Ze bond hem om haar hoofd, over haar tatoeage heen.

Nu was ze geen vrouw meer.

Nu was ze een man.

En wat voor een!

Ze zag eruit als de eerste de beste bandiet.

Des te beter.

Niemand zou in haar buurt durven komen.

Yora klom op Mallors rug.

Op naar dorp nummer drie!

9. De draak

Het was al bijna donker toen Yora bij Briskin
aankwam.

Ze was te laat.

Al voor ze het dorp zag, rook ze de brandlucht.

Niet veel later zag ze de rokerige puinhoop.

Yora slikte iets weg toen ze dat zag.

Ze moest meteen aan haar eigen dorp denken.

Langzaam, bijna tegen haar zin, ging ze naar het dorp
toe.

Het was nog erger dan in haar eigen dorp.

In de straten lagen dode mensen.

Zeker vijf huizen waren verwoest.

Hier en daar smeulde nog wat na.

Ze werd er misselijk van.

Ze hield haar paard in en keek omhoog.

Misschien zag ze de draak nog.

De lucht was leeg.

De draak was al weg.

Waar zouden ze eigenlijk naartoe zijn?

Het was voor het eerst dat Yora zich dat afvroeg.

Het was voor het eerst dat ze aan het draakje dacht.

Het draakje dat haar dorp had verwoest.

Ze zou hem moeten vinden.

Ze zou hem moeten doden.
Maar dat had ze niet gedaan.
Ze had er niet eens aan gedacht!
Ze was alleen maar op zoek naar de eieren.
Intussen had het draakje alle vrijheid.
Wie weet hoeveel schade hij al had aangericht.
Yora klakte met haar tong en trok aan de teugels.
Ze hoefde dit dorp niet meer in.
Hier kon ze niets meer doen.

Ze kon maar beter een plek vinden om te slapen.
Het was al aardig donker aan het worden.
Net buiten het dorp zag ze een oude molen.
Hij stond leeg.
Eén wiek hing gebroken omlaag.
In het dak zaten gaten.
Yora ging naar binnen.
Het stonk.
Op de grond maakte ze een vuurtje.
Het was hier warm en droog.
Hier kon ze vannacht blijven.
Ze bond Mallor vast aan een paaltje.
Met een deken om zich heen ging ze bij het vuur
zitten.
De eieren lagen naast haar.

De barstjes waren nog niet veel groter geworden.

Het duurde nog wel even voor ze zouden uitkomen.

Yora staarde ernaar.

Ze was niet eens bang.

De draken kwamen toch nog niet uit.

Maar er was ook iets anders.

Ze vond het wel fijn.

Ze was blij dat ze de eieren nog had.

Dat ze ze niet kapot had kunnen maken.

Gek.

Haar ogen vielen dicht.

Ergens in de verte hoorde ze een kreet.

Een vogel.

Nee.

Geen vogel.

Ze zakte weg.

Yora rent.

Haar hart bonkt wild.

Ze is op de vlucht.

Er zit iemand achter haar aan.

Iemand - of iets?

Het lijkt een mens, een man, maar hij is een duivel.

Yora weet het.

Hij schreeuwt en zijn stem kraakt en piept.

Hij zal haar krijgen!
Ze is een dief!
En niet alleen een dief.
Ze steelt de Bron van Kracht.
Het belangrijkste waar de mensen in geloven.
Hij strekt zijn arm uit.
Buizen en wielen en gekraak.
Hij opent zijn mond.
Yora schreeuwt.

Yora schreeuwde.
Met een schok werd ze wakker.
Haar deken zat om haar heen gedraaid.
Ze hijgde.
Wat was er gebeurd?
Ze keek om zich heen.
Het was stil.
Het vuurtje was bijna uit.
Er was niemand.
Alleen zij en Mallor.
Naast haar lagen nog steeds de eieren.
Gelukkig.
Het was die man.
Die vreemde man die achter haar aan zat.
Op dat rare ding.

Ze was bang van hem.

Hij zag er zo vreemd uit.

Zo anders.

Waar kwam hij vandaan?

Maar dit was een droom.

Alleen maar een droom.

Hij zat niet meer achter haar aan.

Hij ging de andere kant op.

Ze zou hem nooit meer zien.

Yora zuchtte.

Ze probeerde het trillen van haar handen te stoppen.

'Een droom,' mompelde ze.

'Alleen maar een droom.'

Toch stelde haar dat niet echt gerust.

Ze besefte dat ze doodsbang was.

Het leek wel of hij niet uit deze wereld kwam.

Op dat moment hoorde Yora een kreet.

Ze schrok zich rot.

Maar het was gewoon een vogel.

Toch wierp ze de deken van zich af en liep naar buiten.

Mallor schraapte met zijn hoef over de grond.

'Stil maar,' zei Yora zacht.

'Niks aan de hand.'

Haar stem beefde.

Toen ze omhoog keek, zag ze hem.
Zijn vleugels maakten grote slagen.
In cirkels vloog hij boven de molen.
Yora keek en keek.
Zoiets had ze nog nooit gezien.
Het was prachtig.
Adembenemend.
Híj was prachtig.
Als een koning gleed hij door de lucht.
Yora bleef maar kijken.

Ze kon haar ogen niet van hem afhouden.

Ze voelde iets wat ze nog nooit eerder had gevoeld.

Ze was niet bang.

Ze vergat haar woede.

Ze vergat dat de draak haar dorp had verwoest.

Hij had het niet expres gedaan.

Het was gebeurd toen hij uit het ei kwam.

Yora vergat dat ze de eieren kapot wilde maken.

Dit was een wonder.

Nog één keer liet de draak zijn kreet horen.

Toen verdween hij uit het zicht.

Yora schudde haar hoofd.

Waar kwamen die vreemde gedachten vandaan?

Het was alsof iemand ze in haar oor gefluisterd had.

Yora gaat op weg
naar het volgende dorp.
Als ze ergens uitrust,
hoort ze een vreemd geluid.
Ze ziet een man zoals ze die nog nooit
gezien heeft. Ze verschuilt zich voor hem
en merkt dat hij achter haar aan zit.
Gelukkig gaat hij de verkeerde
kant op.

In het
tweede dorp merkt Yora
dat er over haar gepraat wordt.
De mensen weten dat ze verstoten is.
Ze zeggen ook dat ze gek is.
Yora moet zorgen dat ze niet herkend
wordt en vermomt zich als
bandiet.

Yora komt te laat
bij het volgende dorp.
Het is al verwoest door de draak.
's Nachts ziet ze de draak die haar dorp heeft
verwoest. Ze vergeet haar dorp, ze vergeet
dat ze boos is op de draak.
Hij is zo mooi!

10. Gevecht

Yora werd vroeg wakker uit een onrustige slaap.

Een slaap vol dromen.

Dromen over draken en verwoeste dorpen.

Ze ging rechtop zitten en wreef in haar ogen.

Het eerste licht viel door de gaten in het dak.

Naast haar lagen de eieren.

Ze schrok ervan.

Had ze daar de hele nacht naast geslapen?

Ze pakte er een op.

Er zaten nog steeds barstjes in.

Meer niet.

Toch vond ze het dom van zichzelf.

Als er een draak uit was gekomen ...

Ze schudde haar hoofd.

Bij haar spullen vond ze een stuk brood.

Het was hard, maar nog steeds te eten.

Ze nam een paar happen.

Daarna bond ze de deken en de eieren vast.

Ineens had ze haast.

Ze moest zo snel ze kon van die eieren af.

Ze liep veel te veel gevaar.

Ze sprong in het zadel en gaf Mallor de sporen.

Achter zich zag ze nog een glimp van het dorp.

Arme mensen, dacht Yora.

Haar blik dwaalde naar boven.

In de lucht was niets te zien.

Geen draak.

Yora vroeg zich af waar hij was.

Waarom hij vannacht zo dichtbij was.

Hield hij haar in de gaten?

Of was het toeval?

Ook dacht ze aan haar vreemde gevoel over de eieren.

Dat ze blij was dat ze nog heel waren.

Belachelijk.

Hoe was ze op dat idee gekomen?

Ze moest er juist gauw vanaf.

Voor de draken nog meer schade konden aanrichten.

Nog voor de middag kwam Yora weer bij een dorp,
Rand.

Het vierde.

Het laatste dat ze kon redden.

Ze had honger.

Ze besloot heel even te stoppen bij de herberg.

Als ze de kans kreeg, zou ze het ei ook meenemen.

In de herberg keken de mensen haar angstig aan.

Ze bleven uit haar buurt.

Eerst begreep Yora het niet.

Toen wist ze het weer.

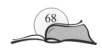

Ze zag eruit als een bandiet.

Ze bestelde warme soep en vers brood.

Terwijl ze at, hield ze haar oren en ogen wijd open.

Aan de tafel naast haar werd zacht gepraat.

Af en toe ving ze het woord 'draak' op.

'Toch is het vreemd,' zei een van de mannen.

'Die verstoten vrouw ...'

Meteen praatte de ander erdoorheen.

'Nee, nee,' zei de eerste man.

'Ik begrijp het heel goed.

Ik zou zo iemand ook niet in mijn dorp willen.

Maar er zijn wel twee dorpen verwoest.

Er zijn draken gezien.

En de Bron van Kracht was kapot.'

'Onzin!'

De grote man sloeg hard met zijn vuist op tafel.

'Draken bestaan niet.

Wie iets anders beweert, is gek.'

Hij stond op en keek strak naar zijn tafelgenoot.

'We zien allemaal weleens een draak.

In onze dromen.

Die vrouw is niet voor niets verstoten.

Ze heeft onze Bron beledigd.

Als je het met haar eens bent ...'

Hij maakte zijn zin niet af.

Hij beende de herberg uit, terwijl de ander hem nakeek.

In de herberg was het stil.

Iedereen had het gesprek gehoord.

Met kloppend hart at Yora haar soep op.

Was er echt iemand die dacht wat zij dacht?

Iemand die ook zei dat de draken echt waren?

Ze kon het bijna niet geloven.

Steels wierp ze af en toe een blik op de man.

Ze durfde hem niet aan te kijken.

Ze at haar soep op en vertrok.

Ze voelde zich gesterkt.

Niet iedereen was tegen haar.

Nu wist ze zeker dat ze dit dorp zou redden.

Al was het alleen maar om die man.

Op haar gemak reed ze door het dorp.

Ineens zag ze de man uit de herberg lopen.

De man die boos was weggegaan.

Hij was te voet, maar hij liep snel.

Yora besloot hem te volgen.

Langzaam reed ze achter hem aan, tot hij een smal paadje insloeg.

Aan het eind ervan stond een groepje mannen bij elkaar.

Ze droegen messen en knuppels.

Ze bewaakten iets.

De Bron van Kracht.

Yora dacht even na.

Zou ze weggaan?

Vroeg of laat zou het draakje uit het ei komen.

Dan zouden ze het met eigen ogen zien.

Maar ze zouden ook sterven.

Nee, ze moest het ei meenemen.

Het waren vijf mannen.

Grote, sterke mannen met wapens.

Yora zag eruit als een bandiet, maar ze was niet sterk.

Tegen deze mannen zou ze nooit op kunnen.

Ze keek naar het ei.

Ze kon het niet laten liggen.

In de lucht klonk een kreet.

Op dat moment aarzelde Yora niet meer.

Ze pakte een dikke tak van de grond en gaf Mallor de sporen.

Mallor schoot naar voren, recht op de mannen af.

Yora zwaaide wild met haar stok.

Ze slaakte woeste kreten.

De mannen schrokken.

Ze renden weg.

Maar al snel kwam een van hen terug.

Hij zwaaide met zijn knuppel.

71

'Blijf van onze Bron af!' schreeuwde hij.

Yora keek hem angstig aan.

De andere mannen kwamen nu ook op haar af.

Waar was ze mee bezig?

Angstig keek Yora om zich heen.

Ze moest hier weg, vluchten!

Weer klonk in de lucht een kreet.

Yora keek naar het ei.

Dat moest ze te pakken zien te krijgen.

Daarom was ze hier.

De rest was niet belangrijk.

Op dat moment stoven de mannen schreeuwend uiteen.

Yora wist niet waarom, maar toen zag ze de draak.

In een duikvlucht schoot hij omlaag.

De mannen waren doodsbang.

Yora aarzelde geen moment.

Ze reed naar voren en griste het ei mee.

11. Het verhaal van de draken

Met drie eieren in haar tas reed Yora het dorp uit.

Ze moest ze nu toch echt kwijt.

Ze wilde ze niet langer bij zich hebben.

Waar moest ze ze laten?

Op welke plek konden ze niemand kwaad doen?

Het liefst wilde ze ze vernietigen, nog steeds.

Maar hoe?

De eieren waren zo hard.

Ze waren zo goed beschermd.

Ze leken wel magisch.

Als een speer schoot Yora over de vlakte.

Ze was hier in een uithoek.

Het kon hier hard waaien.

Geen plek om te wonen.

Een heel stuk verder was het moeras.

Het stonk er.

Het was gevaarlijk.

Er kwam nooit iemand.

De perfecte plek, dacht Yora.

Ze knikte.

Daar kon ze de eieren kwijt.

Ze zou naar het moeras gaan!

Het was daar koud en nat.

Guur.

Een draak kon er niet leven.

Yora slaakte een kreet van blijdschap.

Ze wist wat ze moest doen.

In de lucht werd haar kreet beantwoord.

De draak.

Ze keek omhoog, maar zag hem niet.

Het ging regenen.

Even later plensde het.

Yora werd doornat en koud.

Het werd donker.

Hoe lang was ze al op weg?

Werd het al avond?

Ze moest een plek vinden om te slapen.

Rillend reed ze door.

Verderop stond een hutje.

Yora reed erheen.

Een oude schuur.

Hij was kapot.

Er woonde al lang niemand meer.

Het was beter dan niks.

De regen lekte door het dak.

Op de grond lagen plassen.

Op een droge plek legde Yora haar deken neer.

De eieren legde ze buiten.

Ze maakte een vuurtje.

Haar handen waren koud en alles was nat.

Toen het vuurtje brandde, werd het snel warmer.

Yora trok de deken om zich heen.

Ze dacht aan de draak.

Het was vreemd.

Hij had haar gered van de mannen.

Waarom had hij dat gedaan?

Nu had ze het ei gestolen.

Dat kon de draak toch niet willen?

Yora geeuwde.

Ze begreep het niet.
Ze zakte weg.
In de verte hoorde ze de draak.
Of droomde ze dat?

Yora werd wakker van de geur van vuur.
Ze zat meteen rechtop.
Brand!
Ze pakte haar deken.
Haar dorp!
Toen drong het tot haar door dat ze geen geschreeuw
hoorde.
Midden in het hutje stond ze stil.
Ze klemde de deken tegen zich aan.
Mallor stond rustig te kauwen.
Er was niets aan de hand.
Toch rook ze vuur.
Voorzichtig keek ze naar buiten.
Daar zat iemand!
Hij porde in een vuurtje.
Erboven hield hij een stok met broodjes.
'Zo, ben je wakker?' vroeg hij, zonder zich om te
draaien.
Yora hield haar adem in.
Hoe lang zat hij hier al?

Had hij de eieren gezien?

Wie was hij?

Ze deed een stap naar voren.

'Je hoeft niet bang te zijn.

Kom zitten.

Het ontbijt is bijna klaar.'

Langzaam liep Yora naar het vuur toe en ging zitten.

Het brood rook heerlijk.

'Er gebeuren rare dingen,' zei de man.

Hij had net zo'n band om zijn hoofd als Yora.

En een sjaal om zijn nek.

Een bandiet!

De man glimlachte.

Alsof hij wist wat ze dacht, zei hij: 'En wat ben jij dan?'

Hij gaf haar een broodje.

'De tijden veranderen,' zei de man.

'Een vrouw van tien twijfelt aan de Bron van Kracht.

Ze is verstoten.'

Yora verslikte zich in haar brood.

De man praatte door.

'Een draak vliegt door de lucht.

Hij probeert zijn soortgenoten te redden.

Iemand uit een andere wereld rijdt rond op een raar ding.

Hij zit achter de vrouw aan.'

Yora had haar brood laten vallen.
Ze staarde de man aan.
Wie was hij?
Hoe wist hij al deze dingen?
Rustig nam hij een hap van zijn broodje.
'Ken je het verhaal van de draken, Yora?'
Hij keek haar vriendelijk aan.
Yora schudde haar hoofd.
Ze kon geen woord over haar lippen krijgen.
'Vroeger leefden mensen en draken samen.

78

Via hun gedachten spraken ze met elkaar.

Tot een oorlog daar een eind aan maakte.

Het land werd verwoest.

De draken konden er niet meer leven.

De mensen vergaten de draken.

Jaren later vonden ze bollen.

Ze straalden licht en energie uit.

Heel speciaal.

Zieken werden beter.

Het moest wel iets goddelijks zijn.

De mensen namen de bollen mee.

Elk dorp kreeg er één.

Ze wisten niet meer dat het eieren waren.

Niemand wist nog iets van de draken.'

De man keek Yora aan.

Ze vond hem eng.

Hoe wist hij dit?

Hoe wist hij haar naam?

Toen zei hij iets waar Yora niets van begreep.

'Gelukkig is er nu iemand om de draken te redden.'

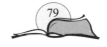

12. Dief

Yora had al lang afscheid genomen van de man.
Toch spookten zijn woorden nog door haar hoofd.
Er was iemand om de draken te redden.
Dat had hij gezegd.
Ze snapte niet wat hij bedoelde.
Yora reed zo hard ze kon.
Het moeras was ver.
Ze hoopte dat ze er vandaag nog zou komen.
Ze keek naar de lucht.
Achter de wolken kon ze de zon niet zien.
Het moest al middag zijn.
De dikke wolken baarden Yora zorgen.
Onweer.
Ze spoorde Mallor aan nog harder te lopen.
Ze zou doorrijden.
Ook als het onweerde, zou ze niet stoppen.
Ze moest die eieren kwijt.
Vandaag nog.
Voor zich zag ze een bos.
Achter dat bos was het moeras.
De bomen stonden dicht opeen.
Ze zou daar niet snel vooruit komen.
'Kom op Mallor, we redden het.'

Ze wist wel beter.

De lucht werd steeds donkerder.

Nog even, dan zou ze niet meer zien waar ze reed.

Helaas kreeg ze gelijk.

Toen ze bij het bos aankwam, kon ze geen hand voor ogen zien.

Stapvoets liet ze Mallor verdergaan.

Het ging langzaam.

Takken haakten in haar kleren en haar haar.

Ze moest steeds stoppen.

Bovendien was ze moe.

Het turen in het donker kostte veel van haar kracht.

Ook merkte ze dat Mallor het niet leuk vond.

'Goed, paardje, we stoppen hier wel,' zei ze.

De grond onder de bomen was zacht.

Ze legde haar deken neer en ging erop zitten.

Ze geeuwde.

Ze ging anders zitten.

Ze moest wakker blijven.

Straks ging ze weer verder.

Zo snel mogelijk.

De eieren waren al verder gebarsten.

Bij één had ze het getik al gehoord.

Weer geeuwde ze.

Wakker blijven, zei ze tegen zichzelf.

Mallor stond een eindje bij haar vandaan.

Zij was ook moe.

Yora zuchtte.

Ze kon nu niet veel doen, het was veel te donker.

Ze hoopte dat het onweer snel zou losbarsten.

Dan kon ze daarna weer verder.

Ze sloot haar ogen.

Even een dutje.

Een klein tukje.

Heel even maar.

Ze schrok wakker.

De eieren!

Ze zaten nog steeds onder Mallors zadel.

Moeizaam stond Yora op.

Ze wilde de eieren bij zich houden.

De kleine draakjes.

Ze glimlachte toen ze ze naar haar deken droeg.

Ze ging liggen.

Haar arm legde ze om de bollen.

Toen viel ze weer in slaap.

Voor de tweede keer schrok Yora wakker.

Onweer.

Maar ze hoorde ook iets anders.

Takken kraakten.

Er kwam iemand aan.

Tussen haar wimpers door zag Yora hem.

De man uit de andere wereld.

Dat vreemde ding met die wielen had hij niet bij zich.

Hij liep recht op Yora af.

Sluipend.

Ze hield zich muisstil.

Naast Yora zakte hij door zijn knieën.

Yora hield haar adem in.

Wat was hij van plan?

Hij stak zijn handen uit en pakte een ei.

Heel voorzichtig.

Nu keek hij haar aan.

Ze opende haar ogen.

'Lukt het?' vroeg ze.

Ze hoorde dat hij zijn adem inhield.

Mooi.

Toch deed hij of er niks aan de hand was.

'Als je wilt helpen ...' zei hij.

'De eieren zijn zwaarder dan ik dacht.'

'Helpen?!'

Yora stoof overeind.

Ze greep de vreemde man bij zijn pols.

'Als je dat ei niet teruglegt, breek ik je arm.'

Ze siste de woorden tussen haar tanden.

De man werd er niet bang van.

'Zolang jij de eieren hebt, ben je in gevaar.'
Yora staarde hem aan.
Alsof hij het voor haar deed!
'Is dat dan niet mijn probleem?'
Ze kon haar woede bijna niet bedwingen.
'Ik ben hier om je te beschermen,' zei de man.
Yora ontplofte bijna.
'Ik hoef niet beschermd te worden!' krijste ze.
De man was een stuk groter dan zij.
En breder.
'Ik mag dan een vrouw zijn,' siste Yora.
'Ik weet heel goed wat ik doe.'

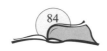

Ze spuugde op de grond.

De man leek na te denken.

Toen rukte hij zich los.

Hij bukte zich, griste zijn tas van de grond en
verdween.

Met het ei.

'Lafaard!' gilde Yora.

'Geef me mijn ei terug!'

Snel bukte ze zich om de deken en de twee eieren te
pakken.

Hoe durfde hij!

Ze zou hem krijgen.

Ze bond de spullen onder Mallors zadel en sprong op
haar rug.

Al snel zag ze de man.

Met de tas onder zijn arm rende hij weg.

Yora stormde achter hem aan.

Het was haar ei!

Van de regen trok ze zich niets aan.

Bijna was ze bij de man.

Toen sprong hij op zijn wielending.

Ineens ging hij veel sneller.

Maar Yora zou hem wel krijgen.

In de regen zag ze bijna niets.

Ook de man was nergens.

Hij was weg.

'Bij de Kracht,' fluisterde Yora.

Ze keerde om en reed terug.

Het had geen zin om verder te gaan.

Ze moest naar het moeras.

Ze moest die eieren zien kwijt te raken.

Even dacht ze dat ze de man weer zag.

Meteen daarna was hij weg.

Yora dacht er niet over na.

Het was jammer van dat ei.

En jammer voor de man.

Als het ei uitkwam ...

Yora schudde haar hoofd.

Dan hoefde ze zich er ook niet meer druk over te maken dat ze gevolgd werd.

13. Het moeras

Als een speer ging Yora door het bos.

Ze had geen last meer van takken.

Ze kon prima zien waar ze naartoe moest.

Het onweer verdween en de regen werd minder.

Tegen de ochtend kwam ze bij het moeras aan.

Het stonk zo erg dat ze er beroerd van werd.

Ze kon zich niet voorstellen dat een draak het hier fijn vond.

De grond was zo drassig dat Mallor er diep in weg zakte.

Yora sprong op de natte grond en voorzichtig pakte ze de eieren.

Hier ging het om.

Hier had ze die hele reis voor gemaakt.

Ze keek naar de lucht, of ze de draak zag.

Ze wist niet waarom ze dat hoopte.

Ze deed een stap naar voren.

De grond sopte onder haar voeten.

Haar schoenen werden nat.

Ze had er moeite mee de eieren los te laten.

Ze moest ze toch vernietigen?

Waarom had ze anders al die moeite gedaan?

Eén ei legde ze op de grond.

Het andere pakte ze met twee handen vast.

Ze hief haar armen omhoog en met al haar kracht wierp ze het ei weg.

Spetters vlogen op toen het neerkwam.

Er vormden zich bubbels.

Langzaam zakte het ei weg in het moeras.

Yora kreeg een vreemd gevoel.

Had ze nu een klein draakje vermoord?

Ze slikte, maar toch pakte ze het tweede ei.

Ze hief het boven haar hoofd, maar ze kon het niet loslaten.

Die arme draakjes.

Zij konden er toch ook niks aan doen?

Yora schudde haar hoofd.

Ze moest nu niet doen of het erg was.

Wat de draken deden, dat was erg!

De verwoeste dorpen.

Met een schreeuw wierp Yora het ei van zich af.

Vlak voor haar voeten kwam het neer.

Langzaam zakte het weg in het moeras.

Yora keek ernaar en ze merkte dat ze huilde.

In de lucht klonk een schreeuw en Yora keek omhoog.

Daar was hij, de draak uit haar dorp.

De draak die haar al de hele weg volgde.

Hij had haar gered van de mannen.

De draak was zo mooi.

Zo machtig.

Ze keek naar het ei aan haar voeten.

Het was al half in het moeras gezakt.

Ze bukte zich en trok het omhoog.

Het moeras was warm.

Het broeide.

De modder was helemaal niet koud.

Ze keek omhoog naar de draak.

Hij vloog nog steeds in de lucht.

En hij krijste.

Natuurlijk! dacht Yora.

De draak was al die tijd bij haar gebleven.

Hij had haar gered van de mannen.

Hij wist dat Yora de eieren niet kapot zou maken.

In het moeras zouden ze juist uitkomen!

Het moeras was een broedplaats!

Ze legde het ei terug.

Weer riep de draak.

Ik moet weg, dacht Yora.

Ze nam Mallor mee.

Een eind verder bleef ze staan.

Hier was ze ver genoeg.

Weer riep de draak.

Ja, hier was ze veilig.

89

Ze keek.

Ze wachtte.

Ineens was er een grote vlam.

Yora schrok, maar ze bleef kijken.

Het moeras stond in brand!

Toch was ze niet bang.

De draak was bij haar.

Veilig.

Even later kwamen er twee kleine draakjes uit het moeras.

Yora rende ernaartoe.

Ze huilde.

Ze waren zo mooi.

De draakjes kwamen naar haar toe.

Ze tilde er één op.

Hij likte over haar wang.

Yora giechelde.

'Hallo, lief draakje.'

Maar goed dat ze hem niet dood had gemaakt.

Ze was zo gelukkig!

Ze zou hem altijd beschermen.

Bij het laatste dorp wordt de Bron van Kracht bewaakt. Toch gaat Yora eropaf. Ze krijgt hulp van de draak. Met drie eieren vlucht ze naar het moeras, waar ze de eieren kan vernietigen. Ze komt bij een hutje waar ze schuilt voor de regen.

Yora wordt wakker omdat er een man bij haar hut zit. Hij weet haar naam en dat ze verstoten is. Ook vertelt hij haar over de draken en zegt hij iets vreemds: Dat het goed is dat er nu iemand is om de draken te redden. Yora begrijpt er niets van en gaat naar het moeras.

Het gaat onweren en Yora schuilt in het bos. Ze valt in slaap, maar wordt wakker van de vreemde man. Hij steelt een ei en Yora scheldt hem uit. Met de overgebleven eieren gaat ze naar het moeras. Daar komen de draakjes uit en Yora sluit vriendschap met ze.

Colofon

Boeken met dit vignet zijn op niveaubepaling geregistreerd en
gecontroleerd door KPC Groep te 's-Hertogenbosch.

2e druk 2007

ISBN 978.90.276.0572.6
NUR 282

NEDERLANDSE
KINDERJURY
2007

© 2006 Tekst: Femke Dekker
Illustraties: Els van Egeraat
Vormgeving: Kameleon Design
Uitgeverij Zwijsen B.V. Tilburg

Voor België:
Zwijsen-Infoboek, Meerhout
D/2006/1919/285

De auteur en illustrator

Femke Dekker begon al met schrijven toen ze tien was. Ze schreef haar eerste verhaal op school en daarna bleef ze schrijven. De verhalen kwamen vanzelf. In de verhalen die Femke schrijft, zit altijd iets wat een beetje raar is. Iets wat niet is zoals 'het hoort' of wat iedereen gewoon vindt. Ze vindt het belangrijk dat je fantasie geprikkeld wordt. Niet alleen bij kinderen, maar ook bij volwassenen. Ze denkt namelijk dat de wereld dan veel leuker is en dat moeten we niet vergeten. Femkes eerste boek was Joris en de Zonneprinses. Dat verscheen in 2003, als Leesleeuw bij Zwijsen. Wil je meer weten over Femke en nog meer van haar verhalen lezen? Kijk dan op haar website: www.femkedekker.nl.

Als kind was ik altijd al aan het tekenen, lekker mijn eigen fantasiewereld maken, er even niet zijn. Dat heb ik nu nog. Er zit dus eigenlijk nog steeds een stukje kind in me. Het is fijn om tekeningen te maken bij verhalen van een ander; de beelden en ideeën komen vanzelf. Kijk maar veel om je heen. Er zijn soms de prachtigste dingen te zien, zomaar gratis: een mooie wolkenlucht, sterren en de maan, of zomaar een grappige meneer of mevrouw op straat. Het is moeilijker om zelf een verhaal te maken. Ik heb gewoon te veel ideeën en kan geen keuze maken. Een van mijn eerste zelfgeschreven boeken is de Pet van Jet. Dat gaat over allemaal hoedjes die kwijtraken; ik ben gek op hoedjes, vandaar. Het lekkere daarvan is dat ik zelf kan bepalen wat ik wil tekenen. Ik verzin het verhaal dus eigenlijk in beelden en maak er later de tekst bij.

In deze serie zijn verschenen:

Drakenei

Streng keek de dorpsraad op Yora neer.
'Beweer jij dat je een draak hebt gezien?'
'Ja,' zei Yora luid.
'Je neemt je woorden niet terug, Yora?
Dan ben je verstoten.'

Cowboy Roy

Toen zag Roy de draak.
Met zijn gekromde poot wees hij naar het meer.
Roy zag een meisje weerspiegeld in het oppervlak.
Ze zag er bang en verward uit.